Adan (Emile)

1891. Décembre 3

Aquarelles et Dessins

Aquarelles & Dessins

DE

ÉMILE ADAN

CONDITIONS DE LA VENTE

Elle sera faite au comptant.

Les acquéreurs paieront cinq pour cent en sus des enchères.

L'acquisition des Dessins et Aquarelles de M. Emile Adan ne confère pas à l'acheteur les droits de reproduction qui restent la propriété exclusive de M. G. Boudet, éditeur de l'édition illustrée du *Secret de Gertrude*, par André Theuriet.

CATALOGUE

DES

Aquarelles & Dessins

DE

ÉMILE ADAN

AYANT SERVI A ILLUSTRER L'OUVRAGE

DE

Le Secret de Gertrude

DONT LA VENTE AUX ENCHÈRES PUBLIQUES AURA LIEU

HOTEL DROUOT, SALLE N° 5

Le Jeudi 3 Décembre 1891, à 3 heures très précises

EXPOSITIONS

PARTICULIÈRE : Le Mercredi 2 Décembre 1891, de 1 h. à 5 h. 1/2
PUBLIQUE : Le jour de la vente de 1 heure à 3 heures.

COMMISSAIRE-PRISEUR :	EXPERT :
Mᵉ LÉON TUAL	M. EUG. FÉRAL, peintre
36, Rue de la Victoire, 36	*54, Rue du Faubourg-Montmartre, 54*

N° [illegible]

Aquarelles

Hauteur : 26 centimètres. — Largeur : 17 centimètres

1. *Rencontre de Gertrude et de l'oncle Renaudin.*

« Il suivait la chaussée de l'étang, dit Gertrude, je suis restée à la lisière du bois jusqu'à ce qu'il eût passé. Le pauvre homme ne peut presque plus marcher. Il se traînait tout courbé... »

2. *Je veux partir ! dit Gertrude.*

Gertrude se rend à l'atelier de Xavier et lui annonce la ferme décision qu'elle a prise de partir, ne pouvant plus supporter la vie qu'elle mène chez sa tante.

3. *Départ de Gertrude avec le brioleur.*

Le brioleur Herbillon, qui était un brave homme et qui la voyait triste, essayait de la distraire en lui contant des histoires de chasse.

4. *L'Atelier des Demoiselles Pêche.*

Mademoiselle Pêche, armée de son bâton à auner, introduisit Gertrude dans l'atelier. A son entrée, les ouvrières se turent subitement et se mirent à considérer la nouvelle arrivante qui saluait, souriait et rougissait à la fois.

5. *La Cueillette des groseilles.*

De temps en temps Héloïse choisissait avec soin une belle grappe, la plus longue et la plus appétissante, puis la soulevant du bout des doigts elle la présentait aux lèvres de Xavier.

6. *La Confession de l'oncle Renaudin.*

Une chandelle posée sur la table éclairait vaguement la chambre. M. Renaudin, assis sur son séant, tenant les draps dans ses doigts crispés, demeurait immobile et semblait regarder dans le vide.

7. *Gertrude chez Rose Finoël.*

Un lit de sangle étalait sa paillasse et sa couverture en lambeaux, et sur ce lit, agenouillée, les cheveux épars, pâle, effrayante, une femme d'une trentaine d'années serrait contre sa poitrine amaigrie un tout petit enfant qui ne poussait plus que des vagissements étouffés.

8. *Gertrude prend congé des Demoiselles Pêche.*

Une vieille calèche s'arrêta devant le magasin et la jeune fille, encore un peu faible et très pâle, y monta après avoir embrassé les Demoiselles Pêche.

9. *Le Retour du cimetière.*

Xavier et Gertrude restèrent seuls sur le chemin du cimetière. Xavier mit le bras de sa cousine sous le sien et tous deux s'acheminèrent vers l'Abbatiale.

N° 3.

10. *L'Arrivée du nourrisson.*

Gertrude descendit et se trouva face à face avec la nourrice portant l'enfant de Rose Finoël.

11. *Xavier tomba évanoui sur le gazon.*

Xavier pâlit, poussa une forte plainte et tomba évanoui sur le gazon. Au bout d'un quart d'heure, les soins de la charbonnière le rappelèrent à lui.

12. *Il sera à nous deux! dit Xavier.*

L'enfant tendit les bras vers Gertrude. Xavier le prit dans ses mains, le baisa, et le passant à la jeune fille : « Il sera à nous deux », dit-il en souriant.

N° 12.

Aquarelles

Hauteur : 13 centimètres. — Largeur 19 centimètres.

13. La famille de Mauprié.

14. Xavier se livrait à son goût pour le dessin.

15. Gertrude sonna à la porte de l'Abbatiale.

16. Vue d'une verrerie, la nuit, dans les plaines de l'Argonne.

17. Gertrude à sa toilette.

18. La scierie de Xavier à Lachalade.

19. Gertrude se dirigea à travers la neige vers la maison de Polval.

20. Vue de Bar-le-Duc.

N° 21.

21. L'Église de Lachalade.

22. Journée de printemps à l'Abbatiale.

23. Les commères au puits.

24. Le printemps dans l'Argonne.

N° 29.

Dessins

A LA PLUME ET AU LAVIS

25. **Gertrude** rencontre l'oncle Renaudin.

26. **Le chasseur** tira de son panier deux vanneaux.

27. **Gertrude entra dans la salle**, son pot au lait à la main.

28. **La soupe au lait** préparée par Honorine.

29. **Gertrude** s'approcha de Xavier et murmura...

30. La rustique industrie du sabotier Trinquesse fut pour lui une révélation.

N° 27.

31. Tandis qu'elle lisait, Xavier appuyé contre la porte considérait le fin profil de la jeune fille.

32. « Ainsi tu veux te faire modiste ? »

33. Madame de Mauprié la retint légèrement par le bras.

34. Que me veut-on ? cria l'oncle Renaudin.

35. S'approchant de l'une des fenêtres, il braqua la lorgnette sur la campagne.

36. Mademoiselle Héloïse était une fille de vingt-quatre ans, adroite, remuante.

37. **Mademoiselle Hortense** réservait pour la chapelle de la vierge du Pont ses plus belles fleurs artificielles.

N° 40.

38. **Leur conversation** roula sur Gertrude.

39. **Gertrude ouvrit le coffret** et prit les anémones qu'elle y avait enfermées.

PECHE

40. **Les Demoiselles Pêche** surveillaient la cuisson des sirops.

41. **Les larmes** étouffaient sa voix et elle restait silencieuse.

N° 41.

42. **Gertrude obtient la permission** de l'accompagner jusqu'à la voiture.

43. **« Je te revaudrai cela »** dit mademoiselle Honorine en agitant le doigt dans la direction de la porte.

44 **Après les vêpres,** mademoiselle Célénie faisait faire à Gertrude un ou deux tours dans la rue de la Rochelle.

N° 5.

45. **Il fouaillait son cheval** et la voiture filait comme une flèche.

46. **Gertrude le regardait ébahie,** elle n'avait jamais vu tant de pièces d'or.

47. Garde-moi le secret, murmura-t-il, en posant un long doigt maigre sur ses lèvres minces.

48. Rose Finoël prit l'une des mains de son interlocutrice et la couvrit de larmes.

N° 52.

49. Rose Finoël était morte.

50. Une femme surgit de l'ombre du porche et parut l'examiner.

51. Gertrude se dirigea vers la maison des demoiselles Pêche.

52. Toutes les ouvrières avaient relevé la tête.

53. Elle tomba sur le parquet.

34. **Mademoiselle Célenie** courut au chevet de la jeune fille.

N° 35.

35. **Huit heures sonnaient** quand on entra à Lachalade.

56. Le convoi longeait de larges pièces de terres labourées contiguës à l'Abbatiale.

N° 62.

57. La veuve, montée sur une chaise, comptait les piles de linge.

58. Comme ces émeraudes me vont bien, dit Reine.

59. **Xavier** serra la main de sa cousine.

60. **Elles lui communiquèrent** triomphalement la lettre de mademoiselle Pêche.

N° 7.

61. **Une svelte figure de jeune fille** apparut dans un rayon de soleil.

62. **Fanchette** était allée avec sa quenouille et son rouet frapper à la porte d'une voisine.

63. **Une nourrice se présenta.**

64. **Elle souleva le rideau** et montra l'enfant endormi.

65. Gertrude chassa Fanchette.

66. « Je jure que je ne suis pas la mère de cet enfant... »

67. Gertrude le regardait d'un air étonné.

68. Tous les yeux étaient fixés sur le notaire.

69. Elle déchira le papier timbré et en jeta les morceaux dans la cheminée.

70. Gertrude modiste.

N° 45.

Paris. — Typ. Chamerot et Renouard. — 27 54.

www.ingramcontent.com/pod-product-compliance
Ingram Content Group UK Ltd.
Pitfield, Milton Keynes, MK11 3LW, UK
UKHW021037260726
13994UKWH00005B/2216